Milan Meder

Ich liebe den Geist

Milan Meder

Ich liebe den Geist

Bibliografische Information der Deutschen Nationalbibliothek:
Die Deutsche Nationalbibliothek verzeichnet diese Publikation in der Deutschen Nationalbibliografie; detaillierte bibliografische Daten sind im Internet über http://dnb.dnb.de abrufbar.

Herstellung und Verlag: BoD – Books on Demand, Norderstedt

ISBN: 978-3-7460-8527-2

Zur Einführung

Am 4.1.1929 starb Carl Unger in Nürnberg.
Er wollte einen Vortrag mit dem Titel „Was ist
Anthroposophie?" halten. Kurz vor dem Vor-
tragsbeginn wurde er von Wilhelm Krieger
durch drei Schüsse getötet.

Die zerrüttete anthroposophische Gesellschaft wurde endgültig gespalten und geriet
in einen Schockzustand, aus welchem sie
sich nie mehr ganz erholt hat.

Vier Jahre später ergriff Hitler die Macht.
Bis heute liegen die antisemitisch geprägte
Tat und auch ihre Hintergründe im Dunkeln.

Der Autor dieses Werkes ist auch einer der
tief im Innern Betroffenen.

Mögen diese Aufzeichnungen etwas Licht ins
Dunkel bringen.

Berlin 1904
Aufnahme in die esoterische Schule

Rudolf Steiner:
„Was wünschen Sie?"

Arenson und Unger (wie aus einem Munde):
„Die Aufnahme in die esoterische Schule."

Rudolf Steiner:
„Sie wollen sich wirklich innere Sinneswerkzeuge erarbeiten?"

Arenson und Unger:
„Wir möchten unsere inneren Augen öffnen."

Rudolf Steiner:
„Gut. Die Arbeit kann beginnen. Ab jetzt sind Sie Mitglied in der esoterischen Schule."

Arenson und Unger:
„Was ist unsere Aufgabe?"

Rudolf Steiner:
„Gehen Sie nach Hause. Arbeiten Sie an Ihren alltäglichen Dingen weiter.
Das Übersinnliche wird sich im Sinnlichen offenbaren.

Schließen Sie niemanden in Ihren Gedanken und Verrichtungen aus.
Das Übersinnliche dieser Schule ist für alle Menschen bestimmt. Die Inhalte der esoterischen Schule gehen alle Menschen etwas an."

Carl Unger:
„Müssen wir nichts geheim halten?"

Rudolf Steiner:
„Nein. Sie dürfen nur nicht alles sofort sagen. Das Geheimwissen ist wie alles übrige Wissen. So wie jeder Mensch schreiben lernen kann, so kann jeder ein Geheimschüler werden.
Bitte beachten Sie immer folgendes Gesetz! Öffnet jedem suchenden Menschen die Tür. Auf keinen Fall dürft ihr ihm gebührendes Wissen vorenthalten.
Aber es gibt ein ebenso natürliches Gesetz, welches besagt, dass niemandem irgendetwas von dem Geheimwissen ausgeliefert werden kann, zu dem er nicht berufen ist."

Carl Unger mit sechsundzwanzig Jahren in seinem Studierzimmer in ein Selbstgespräch vertieft

„Die Theosophie lässt mich nicht los. Jeder Satz in diesem Werk hat eine unglaubliche Kraft.
Nur manchmal bekomme ich Angst, dass ich mich zu stark den lichtvollen Wesen hingebe. Ich muss mich auch der Dunkelheit öffnen.
Das Thema meiner Dissertation über die Zementforschung ist genau das Richtige für mich. Ich brauche die Festigkeit, um nicht abzuheben."

Carl Unger hat schreckliche Visionen von der Judenvernichtung

Nein, das „Ich" löste sich nicht auf. Trotz Zyklon B, ein Schädlingsbekämpfungsmittel aus Blausäurekörnern löste sich das „Ich" im Mai 1944 nicht auf.
„Du hast Auschwitz erreicht, ein deutsches Konzentrationslager. Dies ist kein Sanatorium. Du wirst nur ein paar Wochen hier überleben, im besten Fall drei Monate. Der einzige Weg nach draußen führt über den Schornstein. Und wenn dir das nicht gefällt,

dann gehe zum Zaun und beende dein Leben jetzt." Wandspruch der SS in Ausschwitz „Neben mir stehen an der Luke zwei Mädels von zehn und zwölf Jahren, glückselig. Das ist die erste Reise, die sie in ihrem Leben machen. Sie haben die ganze Nacht Ausschau gehalten, die mitwandernden Sternbilder beobachtet, die Sichel des abnehmenden Mondes bewundert, wie sie hinter den Bergeshöhen hervorschlüpfte. Sie staunen über jeden Fluss und jeden Hügel und rühren sich nicht von ihrem Ausguck weg." Lucie Adelsberger, geb. 1895 in Nürnberg, Kinderärztin, im Mai 1943 nach Ausschwitz deportiert.

„Es war dunkel, als der Zug anhielt. Die Morgendämmerung begann kurz darauf und das Licht brach langsam durch die Fenster. Es war jetzt hell genug, um in der Ferne Einzäunungen auszumachen. Wir mussten an einem Lager sein und zumindest würde diese Not nun ein Ende haben. Den Rauch mit dem Geruch von brennendem Fleisch, den wir plötzlich rochen, schrieben wir auf die Reibung zwischen den Rädern des Zuges und den Gleisen zu. Als die Lokomotive langsam weiterkroch, sahen wir Fremde in gestreifter Kleidung auf einem Hügel, die wie Roboter liefen und unseren Zug anstarrten, als hätten sie uns erwartet. Wir schrien und fragten sie, wo wir seien. Aber kein Wort kam zurück, nur ein Zeichen von einem von ihnen: Er ließ seine Hand über die Brust gleiten, so als ob er sie zerschneiden würde. Die anderen, die unseren Zug beobachteten, drehten die Finger in die Luft. Wir starrten sie erschreckt und ungläubig an, denn dieses Zeichen bedeutete Krematorium. In die nun folgende Stille hinein fragte ein vielleicht 16-jähriger Junge, was die seltsamen Gesten zu bedeuten hätten. Niemand antwortete ihm." Benjamin Jacobs, geb. 1919 in Polen, im August 1943 deportiert. Seine Schwestern und die Eltern wurden ermordet.

„Vor dem Zug müssen wir in einer Reihe Aufstellung nehmen. Wir sehen uns einem jungen SS-Offizier in Lackstiefeln und mit Goldtressen gegenüber. Sein Name: Dr. Mengele. Im Gänsemarsch ziehen die Männer, Frauen und Kinder vorüber. Auf Wink des Arztes stellen sie sich links und rechts auf. In der Reihe auf der linken Seite befinden sich hauptsächlich Alte, Krüppel, Schwache und Frauen mit Kindern unter 14 Jahren. Die rechte Gruppe ist die der Arbeitsfähigen. Was ich damals noch nicht wusste: Die linke Gruppe trat wenige Minuten nach dem Abmarsch durch das Tor in eines der Krematorien." Miklos Nyiszli, geb. 1891 in Siebenbürgen, im Mai 1944 nach Auschwitz deportiert. Seine Frau und die 15

Jahre alte Tochter wurden auf der Selektionsrampe von ihm getrennt.

„Wachtürme, elektrisch geladener Stacheldraht und ein breites Tor bilden den Eingang zum Lager Birkenau. Wir durchschritten das Tor ohne Misstrauen. Der erste Anblick: Hunderte bleiche, zerlumpte Gestalten, mit Hacke und Schaufel bei der Arbeit, ständig von Prügeln bedroht. Uns krampfte sich das Herz zusammen, die Hoffnung schwand. Schließlich trieb man uns zu einer Baracke mit der Nummer 15. Wir waren völlig erschöpft, aber es gab keine Sitzgelegenheit und wir durften uns auch nicht auf den Boden setzen. Da tauchte ein Gesicht auf, das uns bekannt war: ein gewisser Leon Yahiel, der schon vor uns deportiert worden war. Jetzt gehörte er zum Personal, das die Ankommenden zu registrieren hatte. Er betätigte sich auch als Dolmetscher. Ohne jede Einleitung erklärte er uns: „Gefangene! Ihr seid hier in einem Todeslager. Während ich zu euch spreche, sind eure Frauen und Kinder schon tot." Er zeigte mit dem Finger auf mehrere Gebäude, aus deren hohen Schornsteinen Flammen züngelten und fuhr fort: „ Die Flammen, die ihr dort aufsteigen seht, kommen von ihren brennenden Körpern. Die großen Gebäude, die wie Fabriken ausschauen, sind Krematorien. Von jetzt an ist jeder von euch allein auf dieser Welt und keiner weiß, wie lange er noch auf dieser Welt bleibt. Ihr werdet unter Bedingungen arbeiten müssen, die schlimmer sind als bei Galeerensträflingen. Jeder von euch muss versuchen, durchzukommen, so gut er kann, wenn er solange wie möglich am Leben bleiben will." Albert Menache, geb. 1898 im griechischen Thessaloniki, im Juni 1943 nach Auschwitz deportiert.

Es ist ein Sonntag. Mit Musik wird fröhliche Stimmung erzeugt. Der Schein trügt aber. Es werden Galgen aufgebaut. Häftlinge müssen darunter stehende Stühle besteigen. Um ihre Hälse werden Schlingen befestigt. Dann werden die Stühle mit einem Ruck weggezogen. Die Gehängten bleiben mehrere Stunden hängen. Es ist eine Warnung! Die Musik geht noch lange weiter.

Am nächsten Morgen reihen wir uns in eine lange Schlange ein. Wir stimmen leise ein melancholisches Lied an. Langsam gehen wir auf die Duschen zu. Wir legen unsere Kleider auf einen großen Haufen. Dicht gedrängt lässt sich so die Kälte aushalten. Die große Tür schlägt zu. Leise summen wir unser letztes Lied. Aus den Duschen kommt kein Wasser. Es ist Gas. Wir Kinder werden als erstes benebelt. Verzweifelt schauen wir nach oben. Dort lesen wir die Panik und Angst in den Augen der Erwachsenen. Sie können uns nicht mehr helfen. Sie erdrücken

uns. Unser letzter Gedanke ist der Wandspruch der SS: „Du hast Auschwitz erreicht,
ein deutsches Konzentrationslager. Das ist
kein Sanatorium. Du wirst ….."
Jetzt verstehen wir den Spruch in seiner
ganzen Tiefe. Wir fliegen durch den Schornstein.

Nein, so finster konnte die Zukunft nicht werden, dachte sich Carl Unger.
Das muss ein schlimmer Alptraum gewesen
sein!

In der nächsten Nacht erlebt Carl Unger
erneut eine Vision

„Im Jenseits fühlte sich mein Innenleben wie
etwas nicht zu mir Gehöriges an. Unersätt-
lich und gierig näherte sich mir eine Kraft.
Sie war so eigensüchtig, dass sie mich ver-
schlucken wollte und ich mich in ihr fast auf-
löste.
Hinterhältig und manipulativ näherte sich die
Kraft mit nach außen hin gespielter Sympathie. Dahinter verbarg sich aber so viel ab-
grundtiefe Antipathie, dass ich gegen diese
bösartige Härte und Unerbittlichkeit fast nicht
ankam.
Schnell rettete ich mich in das dahinterlie-
gende Gewässer im Jenseits. Es war ein

Gewässer mit zwei unterschiedlichen Strömungen, die gleich stark waren und sich somit immer wieder neutralisierten. In diesem Gebiet konnte ich ruhiger schwimmen. Die Gier der ersten Kraft hatte nachgelassen. So richtig frei atmen konnte ich aber erst im dritten Gebiet. Ich kam in einen einladenden Raum. Hier begegnete mir wirkliche Sympathie. Eine Eigensüchtigkeit war fast nicht mehr zu spüren. Im zweiten Moment wollte ich den Raum wieder verlassen. Die gasartige „Luft" erinnerte mich an die Gaskammern. Das Gas war jedoch gar nicht aggressiv. Es breitete sich langsam aus und umhüllte mich mit seiner Sympathie. Meine Unruhe ließ nach und ich entspannte mich. Es eröffnete sich ein vierter, ein durch und durch lichtvoller Herzensraum. Hatte ich das Licht in der Finsternis gefunden? Unglaublich zartes Summen und Vibrieren umgab mich. Hatte ich das Herz der ewig summenden Weltenmutter gefunden? Hier hätte ich für immer bleiben können. Aber, als ich mich fast eingenistet hatte, bemerkte ich, dass es noch weiter ging und ich entdeckte die eigentlichen Licht-, Kraft-, und Lebensquellen. Von hier strömte alles in alle Richtungen. War hier die göttliche Urquelle? Dort war er. Ihn hatte ich immer gesucht und nie gefunden. Er war das Wort, das Licht und die Wärme in der kalten Herzensfinsternis. In ihm war das

sprudelnde Leben und er war die Lebens-
quelle für uns alle."

**Carl Unger entdeckt die Unzerstörbarkeit
des eigenen Wesens, er wird administra-
tiver Leiter beim Bau und er wird zum
Testamentsvollstrecker für Rudolf und
Marie Steiner ernannt**

Immer tiefer arbeitete sich Carl Unger in die
Anthroposophie ein.
1911 veröffentlichte er seine philosophischen
Gedanken zur Viergliederung des Menschen.
Erstens beschrieb er das Physische als etwas „nebeneinander" Existierendes. Er
sprach von der Logik des Raums.
Zweitens untersuchte er die Lebenswelt. Er
sprach von Wachstumsprozessen, welche
nacheinander stattfinden und er nannte die-
sen Bereich die Logik des Werdens.
Im dritten Bereich sprach er von der Tierwelt
und von der Logik der Innerlichkeit.
Den Abschluss bildete das höchste und letz-
te Glied der menschlichen Wesenheit: Das
ICH. Hier sprach Unger von der Schöpferkraft und von der Logik der Freiheit.

Mit siebenunddreißig Jahren wurde Carl Unger zum administrativen Leiter beim Goethe-
anum in Dornach benannt. Auch übernahm
er die Verantwortung des Testamentsvoll-
streckers für Marie und für Rudolf Steiner.

1919 überschrieb er dann seine gut gehende Fabrik mit 120 Beschäftigten und schloss sich der Bewegung für soziale Dreigliederung an.

Mit vierundvierzig Jahren, drei Jahre vor Rudolf Steiners Tod, geriet Carl Unger immer mehr in Kritik. Sein Leitungsstil in der anthroposophischen Gesellschaft wurde mehr und mehr in Frage gestellt.
Er ließ sich jedoch nicht verunsichern und hielt auch nach Rudolf Steiners Tod noch bis zum 4. 1. 1929 an seiner Schöpferkraft fest.
Seinen geplanten Vortrag „Was ist Anthroposophie?" konnte er nicht mehr halten, weil er erschossen wurde.

Carl Unger lebt als Arzt in der Neuzeit

Natürlich hat heute Carl Unger einen anderen Namen. Er soll an dieser Stelle nicht genannt werden, um ihn besser schützen zu können.
Leider arbeitet er in einem Land, wo die aktive Sterbehilfe legalisiert ist.
Viele Menschen kommen tagtäglich zu ihm und bitten um einen schnellen Übergang ins Jenseits.

Nach genügender Abklärung kann die Sterbehilfe dann leider erfolgen. Zwei Medikamente, Thiopental (ein Barbiturat) und Rocuronium (ein muskelrelaxierendes Mittel) werden eingesetzt.
Erst wird eine hohe Dosis Thiopental gegeben, um die Narkose einzuleiten und dann wird der Patient mit einer hohen Dosis Rocuronium getötet.

Der Mensch (der früher als Carl Unger gelebt hatte) wurde glücklicherweise noch nie an den Punkt des Tötens gebracht.
Mittlerweile wusste er ja sehr genau über die Morde an den Juden Bescheid. Er hatte sich intensiv mit seinem Schicksal und den vielen Schicksalen seiner damaligen Brüder und Schwestern beschäftigt.

Eines Tages kam ein noch recht junger und vitaler Patient zu ihm. Er wollte unbedingt getötet werden. Die Aussichtslosigkeit in der Beziehung zu seinen Kindern, zu seiner Ex-Frau und zu seinen Finanzen war so gravierend, dass er nur noch den Suizid bzw. die aktive Sterbehilfe als Auswegsmöglichkeit sah.
Auch lange Gespräche mit dem Arzt (der früher als Carl Unger gelebt hatte) führten nicht weiter.

Der Mann war entschlossen. Er fand auch bald darauf einen Arztkollegen.

Die große Lüge

Der Arzt musste also sein Versprechen einhalten. Er hatte seinen Arztkollegen (der früher als Carl Unger gelebt hatte) dazugebeten.

Der Patient lag also auf der Liege. Ein letztes Mal fragte der Arzt, ob alles für ihn richtig war. Er bejahte und bat ihn, die Sterbehilfe durchzuführen.

Also spritzte der Arzt das Thiopental und dann das Rocuronium.

Zu dritt warteten sie auf den Sterbemoment. Es geschah etwas Dramatisches. Statt dem langsamen Loslösen der Lebenskraft, quoll die Lebenskraft wie eine riesige Blase auf. Der Ballon wurde schrecklich groß. Dann zerplatzte er in tausend Teile. Überall wirbelten Fragmente und Fetzen umher.

Eine furchtbare Minute mit katastrophalem Inhalt.

Die beiden Ärzte waren wie in einem Schockzustand. Der Arzt (der früher als Carl Unger gelebt hatte) hatte seinen Kollegen vor dem Eingriff und seinen Folgen vorgewarnt.

Er hatte aber selber mit diesem gigantischen Ausmaß nicht gerechnet.

Irgendwie hatten sich die beiden Ärzte mit dem Schicksal des Patienten verbunden. Sie hatten beide in der Todesminute schreckliche Bilder gesehen. Bilder der Schuld! Die tieferliegenden Ursachen der Suizidalität des Patienten! Nicht die traumatische Trennung von seiner Frau und seinen Kindern und sein Finanzkonflikt hatten ihn in die ausweglose Depression hineingestürzt, sondern die tiefsitzenden Fragmente aus einem Vorleben. Mit dem Tod waren sie wieder an die Oberfläche gespült worden.

Die Ärzte konnten beide diese Bilderfragmente deutlich wahrnehmen. Es waren Bilder aus dem Dritten Reich. Dort hatte der Mann schon einmal gelebt und war für das Vergasen von vielen Menschen verantwortlich gewesen.

Jeden Tag hatte er das Tor zu den „Duschen" verriegelt und dann in die „Duschen" das Gas hineingeleitet.

In seinem Todesmoment wurden diese alten Bilder wieder frei.

Der Vorgang dauerte nur eine Minute!

Die beiden Ärzte rätselten, ob der Mensch überhaupt in dieser Minute einen Zugang zu seinen alten Lebensfragmenten gefunden hatte.

Es geschah aber noch mehr. In dieser Minute war eine Gestalt in den Raum getreten. Eine große Engelgestalt. Ernst und machtvoll wirkte sie. Eine übermenschliche Kraft hatte die beiden Ärzte ergriffen.

Auch spürten die Ärzte in sich ein tiefes Schuldgefühl. Ihnen wurde mit aller Schärfe klar, dass sie ein Menschenleben vernichtet hatten.

Der Engel stand aber nur ganz ruhig und ernst da. Er sprach kein Wort. Nur mit einer Geste verdeutlichte er den Ärzten, dass sie sich mit dem Toten verbunden hatten und dass sie in ihrem Bewusstsein eine Verantwortung für ihn tragen würden.